Des croquettes trop vitaminées...

Bertrand Fichou est né en 1962 à Caen. Après des études de lettres et de journalisme, il est entré dans le monde de la presse. Aujourd'hui, il travaille comme rédacteur en chef au magazine *Youpi*. Il garde du temps pour écrire de nombreuses histoires, publiées dans les magazines de Bayard Jeunesse.

Du même auteur dans Bayard Poche :
Victor veut un animal - Une journée avec papa - Le jeu qui fait peur (Mes premiers J'aime lire)
Les vacances de Crapounette - Crapounette à l'école - Crapounette et le Bébéberk (J'aime lire)

Éric Gasté est né en 1969 à Angers. Après avoir fait l'école Estienne à Paris, il devient rédacteur graphiste au *Journal de Babar,* à *Youpi*, puis à *Astrapi* et *J'aime lire*. Il illustre essentiellement des histoires pour les tout-petits et habite désormais à Toulouse.

Du même illustrateur dans Bayard Poche :
Je suis un chat bleu ! - La soupe à la grimace - Le loup vert (Les belles histoires)
Ric la terreur - Sonia la colle - Perdu chez les sorciers - Victor veut un animal - Une journée avec papa - Le jeu qui fait peur - Les apprentis sorciers (Mes premiers J'aime lire)

Dépôt légal : novembre 2007
ISBN 978-2-7470-2219-4
Loi du 16 juillet 1949 sur les publications destinées à la jeunesse.

Des croquettes trop vitaminées...

Une histoire écrite par Bertrand Fichou
illustrée par Éric Gasté

mes premiers j'aime lire
BAYARD POCHE

SUPERMARCHÉ

Chapitre 1

En mission…

Cet après-midi, avec papa et maman, nous sommes en mission. Notre objectif : faire les courses en moins d'une heure ! Direction la planète-supermarché…

Papa trouve une place sur le parking. J'embrasse Jupiter, mon groglou à poil jaune, qui va rester surveiller le vaisseau. Maman saisit un chariot magnétique et, comme à chaque fois, elle me demande :

– Tu prends les commandes ?

Et, comme à chaque fois, je réponds :

– À vos ordres, capitaine !

J'adore piloter entre les rayons, surtout quand il y a beaucoup de monde. On dirait un grand combat aérien !

Quand le chariot est rempli, maman regarde sa montre :

– 57 minutes 32 secondes : mission accomplie ! Cap sur les caisses !

Alors que je passe à côté de la nourriture pour animaux, un drôle de monsieur attire mon attention : il est déguisé en koalou de l'espace, et il parle très vite dans un micro :

– Vous aimez votre animal de compagnie ? Achetez-lui les croquettes Koalou, les meilleures croquettes de la galaxie ! Super croquantes, super vitaminées, les croquettes Koalou lui feront le poil tout doux !

KOALOU
KOALOU
KOALOU
KOALOU
KOALOU
KOALOU
KOALOU

Je demande à papa :

– Tu crois que ces croquettes sont bonnes pour les groglous ?

C'est le monsieur qui me répond, en me faisant un gros clin d'œil :

– Jeune homme, les croquettes Koalou sont bonnes SURTOUT pour les groglous. Et, aujourd'hui, c'est moitié prix !

– Dis, papa, on en prend pour Jupiter ?

Monsieur Koalou sourit de toutes ses dents. Papa fronce les sourcils, puis il dit :

– D'accord ! Mais juste une boîte, pour essayer…

C'est Jupiter qui va être content !

TOS
SUPERMARCHÉ
SUPERMARCHÉ

Chapitre 2

Jupiter en grande forme !

De retour à la maison, nous déchargeons les courses. Jupiter farfouille dans les sacs, les narines grandes ouvertes. Maman le repousse :

– Allez, ouste, vilain groglou ! Ce n'est pas l'heure de manger !

Jupiter se met au garde-à-vous et la regarde fixement.

– Bon, il a dû sentir les croquettes. Victor, peux-tu lui en donner une poignée, pour le faire patienter ?

Je verse une dizaine de croquettes dans la gamelle. Jupiter les dévore en un rien de temps.

– Eh ben, elles ont l'air de te plaire !

Dès qu'il a fini de lécher sa gamelle, je l'emmène jouer à la balle dans le jardin. Il est en pleine forme : il court, il saute, il jappe, il n'a jamais été aussi rapide ! Au bout d'un moment, je n'arrive plus à le suivre :

– J'en ai assez, on rentre !

À peine dans la maison, Jupiter me pousse vers la cuisine et se frotte contre moi en ronronnant. J'ai compris son manège :

– Quoi ? T'en veux encore ? Tu exagères !

Mais il trépigne et m'empêche de passer.

– OK, je t'en redonne un peu. Mais, après, c'est fini jusqu'à ce soir !

Je lui verse de nouveau quelques croquettes dans sa gamelle. Il se jette dessus, et hop ! il les enfourne d'un seul coup de langue ! Ensuite, il fait un petit rot de contentement, puis il me bouscule et me donne sa balle toute baveuse : il veut encore jouer.

– Hé, mais tu n'es jamais fatigué, toi ! D'accord, on y retourne cinq minutes, mais c'est tout !

Et c'est reparti ! Il est déchaîné, il arrive même à sauter par-dessus la balançoire ! Je ne l'aurais jamais cru capable de faire ça !

Quand je n'en peux vraiment plus, je décide d'arrêter pour de bon :

– Je monte lire sur mon lit. Tu viens ?

D'habitude, Jupiter en profite pour se coucher sur le tapis. Mais, cette fois-ci, il ne tient pas en place. Il se donne beaucoup de mal pour attirer mon attention : il fait des grimaces, il danse quelques pas de hip-hop… Impossible de bouquiner avec un groglou aussi excité !

Papa nous appelle d'en bas :
– À TABLE !

On descend. Le temps que je m'assoie, Jupiter a déjà engouffré la nouvelle ration de Koalou que Maman lui a servie. Puis il se met à bondir devant le placard de la cuisine.

Maman hausse les sourcils :
– On dirait que Jupiter adore ses nouvelles croquettes. Je ne sais pas ce qu'il a ce soir, il est infatigable !

Oui. Et ça commence à m'inquiéter.

Pendant qu'on mange, mon groglou s'empare de la table basse et il se met à jongler avec. Papa et maman ont beau le gronder, il continue à faire le pitre. À la fin du repas, papa soupire :

– Allez, tout le monde au lit !

À peine avons-nous éteint les lumières que Jupiter décide de courir dans toute la maison, renversant sur son passage les chaises, la table du salon…

Papa et maman se relèvent une fois pour le disputer, une deuxième fois pour éponger l'eau du vase qu'il vient de renverser, une troisième fois pour le mettre dehors. Ouf ! Bon débarras !

Une minute plus tard, j'entends des tas de bruits bizarres dans le jardin. Oh, non ! Le voilà qui fait grincer la balançoire : criiiiiii, craaaaa, criiiiiii, craaaaaa… C'est insupportable !

Le vendeur de Koalou n'a pas menti : ces croquettes sont super vitaminées… TROP vitaminées !

Chapitre 3

Jupiter à l'école

Le matin, au petit déjeuner, papa, maman et moi, nous avons du mal à garder les yeux ouverts, tellement nous sommes fatigués. Jupiter, lui, a toujours la forme ! Il saute derrière la fenêtre pour réclamer sa gamelle. Mais… qu'est-ce qui lui est arrivé ? Pendant la nuit, sa fourrure a poussé, il est devenu plus poilu qu'un mammouth !

Maman grogne :

– Je me demande ce qu'ils mettent dans leurs cochonneries de croquettes… Il ne faut plus lui en donner !

Lorsque j'arrive à l'école, j'ai tellement envie de dormir que je m'effondre sur ma table.

– Victor, me dit la maîtresse en fronçant les sourcils, tu as encore regardé la télé trop tard ! Il faut que je parle à tes parents…

Tout à coup, des cris dehors me font sursauter. Je regarde par la fenêtre : horreur ! Jupiter m'a suivi ! Il est en train d'escalader la grille, et il se précipite dans la cour. Ses poils ont encore poussé depuis que j'ai quitté la maison : on dirait les tentacules d'une pieuvre géante.

Et le voilà qui surgit à la porte de la classe ! Tous mes copains s'enfuient en voyant débouler l'énorme monstre jaune. La maîtresse, elle, ne risque plus d'avoir peur : elle s'est évanouie sous le bureau.

Jupiter me colle sa balle dans la main, et il frétille en attendant que je la lui lance. Je me tourne vers mes copains, réfugiés en haut de l'armoire :

– Vous direz à la maîtresse que je suis parti ramener mon groglou chez moi !

J'embarque Jupiter sur mon vélo de l'espace. Il est lourd, mais il se tient à peu près tranquille. Si seulement il arrêtait de hurler à la mort ! Tout ça parce que je lui ai confisqué sa balle… Il ameute tout le quartier ! Pourvu que les croquettes ne fassent pas effet trop longtemps…

Soudain, il se tait. Juste au moment où nous passons devant la planète-stade… Ouh là là, j'aurais dû prévoir le coup : c'est jour de compétition au club d'astrotennis ! Des dizaines de balles vont et viennent au-dessus des terrains… C'en est trop pour mon groglou, qui bondit de mon vélo, fonce sur les courts et se met à poursuivre les balles qui passent, semant la terreur parmi les joueurs.

À midi, on se retrouve tous à la maison : moi, Jupiter, les pompiers de l'espace, qui ont réussi à le capturer dans un grand filet, papa et maman, que les policiers ont appelés à leur travail, et le chef de la police. Il est en train de rédiger une contravention pour « incapacité à contrôler le comportement d'un animal domestique de plus de cent kilos ».

À la tête qu'il fait, on voit bien que papa a envie de rôtir Jupiter à la broche !

Le coupable, toujours saucissonné dans son filet, me regarde avec ses grands yeux gentils, la gueule encore pleine des balles qu'il a attrapées au vol. C'est vrai qu'il est un peu énervé, en ce moment, mais il est trop fort, mon groglou à poil jaune !

Chapitre 4

Pauvre Monsieur Koalou !

Une semaine a passé. Papa et maman se sont excusés auprès de la maîtresse. Et ils sont furieux après le Monsieur Koalou et ses croquettes trafiquées ! Bien sûr, nous avons arrêté d'en donner à Jupiter. Petit à petit, il s'est calmé, il a retrouvé sa fourrure d'avant, et il recommence à dormir la nuit. Nous aussi.

Alors que maman va jeter la boîte à la poubelle, je lui demande si je peux garder une croquette. Une seule, en souvenir. Elle me dit :

– Du moment que tu ne la donnes pas à Jupiter…

Aucun risque. J'ai une autre idée en tête…

Lorsque nous retournons au supermarché pour notre mission suivante, j'ai la dernière croquette dans la poche.

Le monsieur est encore là à crier dans son micro :

– Grâce à Koalou, votre animal court partout !

Je m'approche de lui, je vise et, au moment où il a la bouche grande ouverte, je lance ma croquette. En plein dans le mille ! Le vendeur écarquille les yeux et fait « glups ! » en avalant. Le temps qu'il se remette de sa surprise, je file rejoindre Papa et Maman.

Cinq minutes plus tard, nous apercevons le Monsieur Koalou qui sautille à travers le rayon fruits et légumes en poussant de petits cris. Maman me regarde d'un drôle d'air. Je vois bien qu'elle réfléchit à toute vitesse. Possible qu'elle se doute de quelque chose…

Quand le Monsieur Koalou se met à marcher sur les mains avec un poireau entre les dents, elle prend sa grosse voix :

– Victor, tu exagères ! Regarde ce pauvre homme : ses cheveux sont en train de pousser !

Puis elle me fait un clin d'œil en souriant, ce qui veut dire : « Chut ! Ça reste entre nous… »

Édition

Se faire peur et frissonner de plaisir

Réfléchir et comprendre la vie de tous les jours

Rêver et voyager dans des univers fabuleux

Rire et sourire avec des personnages insolites

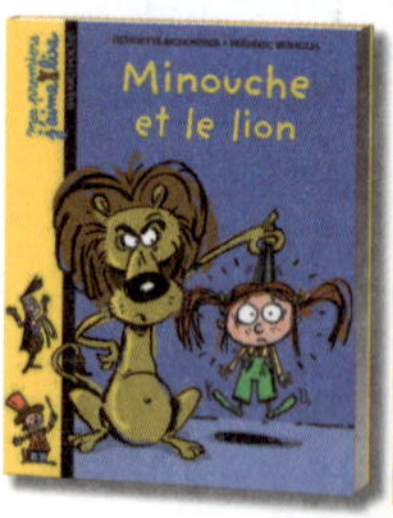

Se lancer dans des aventures pleines de rebondissements

Presse

Mes premiers J'aime lire, un magazine **spécialement conçu pour accompagner les enfants du CP et du CE1** dans leur apprentissage de la lecture

Un rendez-vous mensuel avec **plusieurs formes et niveaux de lecture :**

- une histoire courte
- un vrai petit roman illustré inédit
- des jeux et la BD Martin Matin

Avec un **CD audio** pour faciliter l'entrée dans l'écrit.

Chaque mois, les **progrès de lecture de l'enfant sont valorisés**, du déchiffrage d'une consigne de jeux à la fierté de lire son premier roman tout seul.

Réalisé en collaboration avec des orthophonistes et des enseignants.

Pour en savoir plus : www.mespremiersjaimelire.com

Achevé d'imprimer en septembre 2007 par Oberthur Graphique
35000 RENNES – N° Impression : 7969
Imprimé en France